읽음 그리고
얼음

읽음 그리고 얹음

펴 낸 날 2014년 9월 17일

지 은 이 김상근
펴 낸 이 최지숙
편집주간 이기성
편집팀장 이윤숙
기획편집 주민경, 윤은지, 김송진
표지디자인 신성일
책임마케팅 임경수
펴 낸 곳 도서출판 생각나눔
출판등록 제 2008-000008호
주　　소 경기도 고양시 덕양구 화중로 130번길 24, 한마음프라자 402호
전　　화 031-964-2700
팩　　스 031-964-2774
홈페이지 www.생각나눔.kr
이 메 일 webmaster@think-book.com

- 책값은 표지 뒷면에 표기되어 있습니다.
  ISBN 978-89-6489-314-2 03810
- 이 도서의 국립중앙도서관 출판 시 도서목록(CIP)은 서지정보유통지원시스템 홈페이지
  (http://seoji.nl.go.kr)와 국가자료공동목록시스템(http://www.nl.go.kr/kolisnet)에서
  이용하실 수 있습니다(CIP제어번호: CIP2014025819).

읽음 그리고 얼음

김상근 지음

생각나눔

목차

묵 할머니

사랑이 갈증 한다 하여
보고 싶은 마음 땅 갈라지듯
가뭄 져 가는 논바닥
내 가슴이어라.

무더운 여름날
찰진 묵 밥 한 사발
먹었으면 좋으련만

미움과 자책 그리고 시련을
잘 걸러내고 기다림 속에
묵을 만들었나 보다.

시원스럽게 흐르는 개울 소리에
사랑 노래하고 나
사랑한다고
개울물 발 적시고
손 적셔 와
온몸 뜨거운 이슬
사라진다.

차가운 개울물
찬 이슬방울
몽글 몽글 타 들어가는
여름날 밤 모깃불 같은
사랑이여

무더운 여름날
찰진 묵 밥 한 사발에
나 개울물 발 적시고
어느 듯 가을 날
내 무릎 위에
걸터앉아 있습니다.

여름날의 추억

하늘에
채색을 하여 봅니다.
끝이 없는 도화지 위에
채색을 하여 봅니다.

바다가 내려다보이는
높은 곳에 올라
바다를 그리고
채색을 합니다.

바람에 흩어지는 파도를
그리고 저 푸른 들판
숨어 있는 나를 그리고
그 위에
사랑을 채색하여 봅니다.

강물에
채색을 하여 봅니다.
두 발을 적시고
멀리 비치는

커다란 강 버드나무
채색하여 봅니다.

강물에 사랑을 풀고
후후 불어

채색을 하여 봅니다.

물결에 떠밀려온
사랑 한 장
끝없이 흐르는
도화지 위에
채색을 하여 봅니다.

구례 사성암

긴 섬진강 휘어 감고
사성이 바라보고 있어
저 아래 고을은 평온하여라.

한 걸음 한 걸음
내 딛는 발걸음
좁은 걸음걸이 하고 갑니다.

한 걸음이 아까워
발길 멈춰 서서
뒤돌아오던 길
사성이 서 있는 듯
보고 있습니다.

바람에 흔들리는 진녹 벚잎
저 멀리 섬진을 보라
손짓하여 두 손 뻗어
잡아당긴다.

흑과 백이 교차하고

생과 사 그리고
선과 악이
맞닿은 도선을 지나
소원 바위 아래
서 있습니다.

수 없이 많이
걸려 있는 소원들
내 원하는 소원 다 있어
읽기만 하고 돌아섭니다.

오랜 세월
많은 시간들
돌계단 밟고 내려갑니다.

사성은
오래전 이곳에 있었고
지금 당신이 지나가는 돌계단
그것이 사성이며
당신 얼굴에
살아 숨 쉬고 있습니다.

풀 사랑

온몸을 핥게 만드는
그 단 내
난 그렇게 미친 듯
풀 내음 속 단내를
핥고 있었습니다.

당신이란 내
벗을 핥고 있었습니다.

단내 속
작은 빨대 내 몸에 꽂아
찌르르 찌르르
풀벌레 소리
날 빼앗아 갑니다.

끝없는 단내는
내 곁에 물들어와
내 몸 또한
달달하답니다.

오늘도
그 단내를
난 핥고 다닙니다.

나 가야 해

깊은 산
바위틈 난쟁이 바위솔
이슬 방울방울 맺혀
돌 틈 흐름에 길 따라갑니다.

내 귀 흐름에 길 따라가니
흘러가는 환호성 소리 메아리쳐
들여옵니다.

나 가고 있다
기다려 달라
메아리쳐 들려옵니다.

막아서지 말라
나 흘러 가야 한다고
저 멀리 막고 있는
높은 보 터 달라 합니다.

물고기
뛰어오르는

모습 보고 싶다 하여
높은 보 터 달라 외칩니다.

흐르는 물소리
목 놓아 불려 봐도

저 멀리 남해바다
가야 한다고
높은 보 터 달라
외쳐 봅니다.

배롱나무 꽃

날아서 오세요.
날아서 오세요.
저 산 너머 기다리는
내가 있습니다.

날아서 오세요.
날아서 오세요.
저 강 건너 기다리지 마시고
날아가세요.

걸어서 오세요.
걸어서 오세요.
저 산 너머 메아리쳐
걸어오세요.

뛰어서 오세요.
뛰어서 오세요.
겨울이면 저 강
꽁꽁 얼어 있으니
뛰어오세요.

기다리는 사람 있어
기다리지 마시고
날아서 오세요.
날아오세요.

산 너머 메아리쳐
걸어서 오세요.
뛰어서 오세요.

가난 속 부자

때론
거지였고
엿장수였습니다.

때론
욕심을 버리고
빈 걸망만 지고 다니는
노승이었고
땀에 녹아내린
옷을 입고 있는
농부였습니다.

그러나
가진 거 많은 부자입니다.
가슴 속 깊이 채워져 있는
보물이 있어
난 부자였습니다.

가난한 태생이
나에겐 보물이었고

가진 것 없는 거지라도
긴 여행 길 떠날 줄 알고
동심을 사로잡는 엿장수
가위 소리를 가지고 있는
부자입니다.

남의 것을 탐하지 않고
작은 암자 벽기둥에
걸려있는 걸망이 있고
새벽 일찍 여물을 주고
들로 나가는 부지런한
농부가 있어
난 부자랍니다.

당신은 날
부자로 만들었습니다.

지난여름

연초 잎 따다 말고
밭도랑에 앉아
양 어깨 풀어헤치고
계신 어르신

그 연기 따라갑니다.

어릴 적 연초 잎
키 제기를 한다.
키 순서로 차곡차곡

장맛비 태풍 소식에
연초 잎은 커다란
산이고 파도였다.

쌓이는 만큼이나
일그러진
내 얼굴

동무들 뛰어가는

뒷모습 아른아른
냇가로
사라집니다.

술래

찾지 못해
눈을 감고 있습니다.
난 술래이기에
아직도 돌담 모퉁이에
기대고 있습니다.

몽글몽글
피어 있는 모습을
난 찾을 수 있을지
무척이나 궁금합니다.

삐쭉삐쭉
수줍어하는 모습
다시
찾을 수 있을지

난 술래입니다.

수없이 많은
콘크리트벽

셀 수 없는
자동차
난 술래입니다.

꼭꼭
숨어 사는
밤 그림자
난 술래입니다.

오늘도 난 술래인가 봅니다.

그날 이후

흐름에 나 서있어
막힘에 나 서있어
가뭄에 나 서있어
그렇게 시간은 쌓여갑니다.

뙤약볕 메마른 땅
머리 위 시간의
먼지 쌓여갑니다.

장대비
내 등을 내리치고
날 떠밀어냅니다.

시간의
흐름 속으로 떠밀려
사라집니다.

넓은 대양에서
다시 만나자
약속을 하고

시간의 흐름 속으로
사라집니다.

한 번 물어보자고
굳게 약속을 하고
사라집니다.

바람 소리

바람에 쓸쓸히 떨면서
차가운 땅바닥을 딛고

울면서 휘감는 소리
날 잡아당긴다.

사방으로
불어야 하는 바람은
날 휘어감고

땅바닥에
내팽개친다.

온 몸이
할퀴고
찢겨
시려온다.

바람 소리에
난

벌써부터
떨고 있습니다.

면접 보던 날

내 생명처럼
당신을 사랑합니다.
항상 처음처럼
당신을 사랑합니다.

누더기 옷을
입고 있는
당신을 사랑합니다.

내 처음
당신 등에 업혀
냇가를 건너보았습니다.

검게
말라버린
당신 종아리를
보았습니다.

그리고
하얀 내

종아리를
떠올립니다.

당신은
바로
내 아버지였습니다.

믿어야지

믿어야지
그대 몸 속에
내가 가득 채워져
있음을

믿어야지
그대가 나와 함께
사막을 지나
바람을 맞고
별을 셀 수 있기를

믿어야지
어둠 속에서
잡은 손을
절대 놓지 않기를

믿어야지
사랑하기 좋은
그런 마음 하나
간직했음을.

용서

시간에 쫓겨 도망치듯
한마디 말없이
쪼그리고 앉아 있게 하였습니다.

누군가는
그 고통을 안고 살아가야 한다는
생각을 하지 못하고
시간의 흐름에
이유를 싣고 떠나갑니다.

오랜 시간 속에
변명과 용서
그리고 미움, 자책
서글픈 시간만
나무라 합니다.

지울 수 없이
아파오는
지난 시간들을
나무라 합니다.

웃는 얼굴 뒤
그리움 숨어 있어
나 지금도 용서를
구합니다.

흔적

지난날 흔적 속 내가
이곳에 있었음을
남기지 말아야지

흔적을 지워야지

그 어느 누구
한 사람
기억하지 못 하도록
남기지 말아야지
지워야지

조용한 삶에
밤 그림자 맞이하듯
살며시 젖어듭니다.

흔적 속
미련과 아쉬움만이
......

바람에 실려온
종이 한 장
개울물에 적신다.

산

오랜 시간들
말없이 들어만 줍니다.
표정 없는 모습으로 항상
나를 보고 있습니다.

한(恨)을 모조리 사 묻고
지금도 이렇게
말없이 내려다만 보고 있습니다.

저 산이 날 알아줄까
말할 수 있는 날이
그대가 날
이해할 수 있는 날이 될 것이다.

흙으로 돌아가
영혼으로 존재하는
그곳

후손들의 메아리   붉은 핏덩이
소리쳐 들려옵니다.   튀어오릅니다.

초점

붉은 빛이
사라지기 전
잡으려
뛰어 갑니다.

사라지기 전
품에 안으렵니다.

점점 사라집니다.
숨이 차오릅니다.

이미 사라져
작은 불씨뿐
원망에
숨이 차오릅니다.

먼 훗날

눈을 감고
먼 훗날을 생각합니다.
무엇을 후회할지
먼 훗날을 생각합니다.

서글퍼하는 사랑이 떠오릅니다.
미움과 용서 기다리는
시간들을 떠올려봅니다.

내 부모 떠올려봅니다.
그리움, 미안함
항상 죄스러워
부족함을 떠올려봅니다.

무엇을 가장 후회할까

나로 하여금
가슴 아파했던 사람
항상 후회는 있는 거

아마 난
이 자연을 후회할 것이다.
내 발걸음 그곳에서 숨 쉬고
지나간 흔적들

다시는 찾아가지 못하는 미안함, 아쉬움

난 그 발걸음을
후회할 것이다.

동호에서

내일은 바쁜 하루가
기다리고 있습니다.
어쩌면 혼자 하는 시간이
진정 내가 가고 싶어
하는 곳일지도 모른다는 거

이른 아침 대지에
따스한 바람이
저 멀리 서해 바다
깊숙이 몰고 갑니다.

다 잊고, 씻고, 치유하고
되돌아오는 바람을
저녁이면 육지로 오는
그 바람을
품에 담고 싶습니다.

지금껏
수북하게 쌓아둔 잡것들   서해 바다 깊숙이
이른 아침 바람에 실고   버리렵니다.

하늘만 보내

다신
걱정 말아야지
다신
묻지 말아야지

알려고 하는
내가 바보입니다.
하늘이 날 보고
웃고 있습니다.

이젠
잊고 살아도
당신 원망하지 않는다고

잊으라
잊으라
합니다.

푸른 하늘은
날 위로합니다.

잊고
같이 놀자 합니다.

바람 소리

나 잃었다 하여
저 강을 찾았습니다.

나 시리다 하여
저 산을 찾았습니다.

나 찾았다하여
바람 속 장대비를
알았습니다.

넘나들 수 있는
작은 대발 문

바람은 조금씩, 조금씩
내 등 뒤
불어오고 있습니다.

대발 사이
넘나드는 바람소리
열려온다 푸른 잎
나부낀다.

한번 쯤

천마산 달동네
보고 싶다.
천정이 낮은 방
창문을 열면 교회가 한눈에

멀리 입, 출항하는 뱃고동소리
통통거리며 가는
작은 배 엔진소리

한번 쯤 가고 싶어라.
보고 싶어라.
천마산 달동네

한번 쯤 가고 싶습니다.
보고 싶습니다.
천마산 달동네

겨울 밤 이면
재첩국 사이소~
찹쌀떡 사이소~

하던 교회 옆
샛길

그 샛길 한 번 걸어
보고 싶습니다.
그 샛길 한 번
서 있고 싶습니다.

천마산 달동네가
보이는 그 샛길에서

버스를 기다립니다.

퍼즐 게임

찬바람 소리에
궁성산 다람쥐 바삐 뛰어다닌다.

작년 겨울에 심은 단풍나무
왠지 어색하게만 느껴졌으나
이젠 제법 모습을 갖춰
생기가 돈는다.

제 짝을 찾은 듯
좋아 보여라.

그 어떤 사물이라도
서로 어울릴 수 있는
짝이 있나 보다.

사는 것 또한
퍼즐 게임
하나하나 조심스럽게
맞춰가는 것

처음부터 꼭
맞아 떨어지는 것이
뭐가 있겠는가?

살면서 하나하나
맞춰가는
퍼즐 게임이지.

마침표

난 아직 덜 자란
어른입니다.
오늘 하루를 잘
보낼 수 있도록
기대와 설렘으로 마감을 한다.

계획에 없던 저녁 약속
내일 하루를
더 설레고 가슴 조이면서
보낼 수 있어
난 아직 덜 자락
어른입니다.

속이 뒤엉키는
울렁거림이
내일을
기다리고 있습니다.

강변 슈퍼

오다가다
불쑥 들어가는
곳이 있습니다.

보성강 줄기 따라
외딴 집
강변 슈퍼

오다가다
불쑥 들어가는
곳이 있습니다.

탑탑함이
그지없는
막걸리 한 잔

시원한 물김치
한 가닥
씻어 내린다.

시큼한
밥풀 한 개

오다가다
불쑥 들어가도
주인 아짐
반가워라 하신다.

시집 안 간 딸 하소연하는 소리
탑탑함이 그지없는 막걸리 한 잔 오늘도 넘쳐 흐른다.

붉은 노을

너울너울
산모퉁이에 앉아
붉은 땀방울
쏟아낸다.

붉은 노을
강물을
게우고

밀짚모자
허수아비
두 팔에 걸려 있습니다.

주인어른
저녁 진지 드시러
들어갔으니
허수아비
쉬라 합니다.

붉은 노을

밀짚모자
허수아비

부끄러워
몸둘 바
모르겠네.

산모퉁이
앉아 있는
붉은 노을

오늘도
밀짚모자
허수아비를
꼬옥
껴안아줍니다.

노모(老母)

늙으신 할매
새벽부터 깨운다.
뜨겁기 전
밭 일 가자고

아침 먹고
빨리 가자고
깨우신다.

막내아들
더 자고 싶은데

늙으신 할매
마늘, 양파도
캐야 허고
매실도 따야 헌디

막내아들
하루일과
멋지게

꾀고 계신다.

아야

논에 비료 언제 와서
푸려야 헌디
어찌 꺼냐?
하신다.

슬픈 인연

고개 숙입니다.
소중한 것들을 잃어버린
어느 소년의 가슴은
생에 잊을 수 없는
엉킨 그물이 되어

차곡차곡
쌓여가는 먼지
시간을 말해주고 있었습니다.

나만 볼 수 있는
구름 지도

나만 알 수 있는
구름 모양

그 누구의
관심도 주인도 없는
세월처럼

슬픈 인연
슬퍼하는 사람
용서받지 못할 슬픈 인연이여

그녀는 다시 일어나
내 목을 조입니다.

잃어버린 나

겨울 비 이른 아침부터 내립니다.
나를 잊고 산 지가
참 오래되었는데
비로소 오늘 나를 찾아갑니다.

비 내리는 바닷가
뿌연 안개 속
하나하나 비쳐옵니다.

옛 모습 잊지 않을 것이며
오래토록 간직하고
기억하렵니다.

그대 소원처럼
철부지 노인을 상상하면서
오래토록 기억하렵니다.

모래밭을 걸었습니다.
소리 없는 파도
울음 없는 갈매기

그날 바닷가는
벙어리였습니다.

나 물었습니다.
우산 하나 손에 들고
나 물었습니다.
벙어리 바닷가에
물어보았습니다.

강아지 웃음 짓고
거르라 합니다.

수취인

미지에서
걸어왔습니다.
쉬엄쉬엄
걸어왔습니다.

두 발이 퉁퉁 부어
걸을 수 없어
순풍에 왔습니다.

온 세상
천지를 떠
돌다 왔습니다.

만 구백오십일만에
수취인에게
도착한 우편물입니다.

아쉽게
보내는 주소는
빈 줄이었습니다.

단지 수취인 주소는
또박또박 가득 채워 있었습니다.

난 보낼 수 없으나
받을 수는 있나 봅니다.

만 구백오십일
주소지는 변하지
않고 그대로입니다.

언제 또 올지 모르는
우편물
주소를 항상
이곳에 두고
사르렵니다.

빠른 사람

늦은 점심
김칫국에
둘둘 말아
집어넣습니다.

구시통에
코를 박고 있는
돼지처럼
허겁지겁
집어넣습니다.

식판은
경주자동차
못지않게 굉음을 내며
코너를 돌아갑니다.

흰 연기를 내며
타이어 타는 소리가
따닥따닥
음식 냄새가 아닌

고무 탄 내가
코를 진동합니다.

정말
성질 급한 사람입니다.

개망초

새끼손가락
손톱만큼이나 작은 꽃
앙증맞고 귀엽습니다.

작은 꽃잎 따
새끼손가락 손톱
위에 올려 가려 봅니다.
내 손톱도 앙증맞고
예뻤으면 하고

발길 닿는 곳 마다
개망초 피어 있습니다.

장소를 구애
받지 않고 항상
화해하면서
사르라 합니다.

발길 닿는 곳마다
개망초 피어 있습니다.

장소를 구애
받지 않고 항상
가까이하면서
사르라 합니다.

큰아이

엄마를 부르고
있는 것일까
아빠를 부르고
있는 것일까

온몸에 보드라움을
가득 안고
태어난 너
너는 어디서 왔는가?

어느새 연분홍 꽃
앉아 있고
어미 가슴 속
품어 있어라

오목조목
눈, 코, 입
작은 얼굴

연분홍 꽃무늬

네 얼굴 웃음 있어라.

맺어진 우리의 인연은
여인의 젖가슴 속에서
한 올 한 올 뜨개질을 합니다.

낙서

모래 더미
그 위에 낙서를 합니다.
조심스럽게
한 글자를 써봅니다.

나오지 못하고
볼 수도 없게
가두었습니다.
작고 어려운 글자를

이젠 조금씩, 조금씩
꺼내어 봅니다.

무너지지 않게
획 하나를
그어봅니다.

이제
나올 수도
볼 수도 있습니다.

조심조심
내어 보렵니다.

모래 더미 작은 글자
다시 돌 위에 새겨 볼까 합니다.

어느 곳에 있어도
지워지지 않는
글자로
남겨두려 합니다.

하얀 겨울잠바

평생을
잊지 못 합니다.
시려오는 하얀
겨울잠바 하나가
내 가슴을
더욱이 시리게 합니다.

여느 해 겨울
어깨에 등에 쇠무릎
뿌리를 지고 이고
모자는 완행버스를
기다립니다.

추운 겨울바람에
따스한 김 그리고
향긋한 떡 내음

골목을 휘어감고
사라지는 떡 방앗간을
비좁게 지나갑니다.

겨우내
찬 도시락 쑤셔오는
허리에 차고
서쪽 먼 들녘까지

걸어, 걸어
캐온 쇠무릎 뿌리

어머니 손가락엔
온통 하얀 반창고

막내아들
옷 하나 사줄까 하고
등짐을 맡깁니다.

그렇게 내다 판 쇠무릎
아들이 입고 싶던
하얀 겨울잠바

막내아들

너무 좋아
송아지 닮아가고

어머니 손등은
날뛴 송아지
발자국 되어
움푹 패여 갑니다.

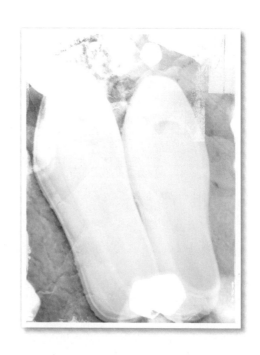

민달팽이

뛰어가는 거냐?
걸어가는 거냐?
이른 새벽
가늘고 긴 길을
만든다.

항상 그 시간
그곳에 가면
길을 만들고 있습니다.

내일이면
아니 해가 떠오르면
흔적 없이 사라지는
민달팽이 길

항상 그 시간
그 곳에 가면
어제 새벽에
만들던 길
오늘 새벽에도

같은 장소에서
가늘고 긴 길을
만들고 있습니다.

이슬이 사라지면
그 길도 사라집니다.

허나 민달팽이
항상 이곳에서
아랑곳하지 않고
가늘고 긴 길을
비틀 배틀 만들어 갑니다.

아무도 봐주지 않아도
민달팽이
비틀 배틀 나만의 길을
만들어 갑니다.

웃음 내시(사직서)

네 얼굴이 무서울 때
네 얼굴이
욕심과 증오로 가득할 때
난 웃음 내시가
되어 갑니다.

네 얼굴에 기력이 없을 때
네 얼굴에 웃음이 없을 때
난 웃음 내시가
되어갑니다.

우스꽝스런 광대처럼
탈 뒤에
숨어 있는 슬픔과
분노를 가려 봅니다.

난 웃음 내시가 되어
당신 곁에서
얼마나 더 버틸 수 있을지
날 속에

숨어 있는
내 얼굴을 보고
싶어 합니다.

공허(空虛)

큰 망치로 머리를 맞았습니다.
움직일 수도
말을 할 수도
아파할 수도 없었습니다.

그저 맞고만 있었습니다.
머릿속 하얗게 변해
어찌해야 할지 아무 생각도 할 수 없었습니다.

난 맞고 있을 수밖에 없고
아무런 변명도
변명 할 생각도
떠올릴 수 없었습니다.

꽃상여를
타고 가는 부모
그 뒤를 힘없이
슬퍼하며 따르는
자식이었습니다.

비통한 죽음 앞에
한없이 분노하는
부모이었습니다.

담비

저녁노을 너울너울
농부 허리 휘어지네.

뜬 모 보는 아짐
파자마 흘러내려 갑니다.

잔잔한 파도
부드럽고 날렵하게
휘어지는 허리

검은 꼬리
올렸다 내렸다
소리 없이 뛰어가네.

사마귀 얼굴 형상
검은 하트
날 쳐다본다.

해지는 오솔길
넌 누구야 하며

고개를 갸우뚱거린다.

혼자서도 잘 노는
검은 하트 담비
나 혼자 있으니
같이 놀아주라
고개를 갸우뚱
갸우뚱거립니다.

조건

내 몸과 마음이
건강하여야 합니다.
부드러우면서 강한
몸과 마음이
필요합니다.
내유외강(內柔外剛)

내 눈이 맑아야 합니다.
보는 것 또한
맑아야 하고
보지 말 것을 보았을 때
걸러낼 수 있어야 합니다.
모든 것은 눈, 귀에서 시작하고
입에서 나옵니다.
청명지세(淸明之世)

내 호주머니가
깨끗해야 합니다.

오만 잡것들

손을 걸쳐와
내 호주머니가
두둑해져도

그건 오만 잡것들이
득실거리는
세균일 뿐입니다.
견리사의(見利思義)

모든 책임에 대한 결과를
변명과 회피를 하지 말고
해결에 힘을 기울여야 합니다.
모든 판단에 대한
결과물을 나 아닌
다른 사람에게 의지하지
말아야 합니다.
결자해지(結者解之)

된장독

늙으신 할매
허리도 제대로 펴질 못합니다.
두 다리가 너무 아파
동네 뒷산 너머
새넘 밭도 반나절이네.

늙으신 할매
막내아들에게
자랑하신다.

올 된장
심심하고
맛있다고

반찬이
짜디짜다고
한 막내아들에게
자랑하고 싶으신가 보다.

된장독에
집게손가락 찔러

한번 먹어봐라
자랑하시네.

늙으신 할매
아프다, 아프다 하시면서도
평생 해오신 일
해마다 다 하신다.

입맛이 변해
맛이 없을까?
자식이 안 먹을까?
내심 걱정하시는 얼굴…

어느새
집게손가락
내 입속에 있어라.

돌아오는 해
그 해 또한
집게손가락
물고, 빨고 있었으면 합니다.

장장 이야기

찰랑찰랑
기우뚱 갸우뚱
걸어가는 뒷모습이
밉지 않았습니다.

몽글몽글
송이송이
간혹 콧잔등에
대롱대롱
이슬이 맺힙니다.

오물조물
삐쭉삐쭉
부끄럽고
쑥스러워하면
입 모양이
귀엽게 변합니다.

구불구불
자갈밭 신장로

고개 숙이고 걸어가는
뒷모습 지금도
걸어갑니다.

강바람

강바람에 포플러
반짝인다.
청백 깃발
나에게 체면을
걸어옵니다.

내 품으로 오라 합니다.

뿌연 물안개
내 마음 닿는 곳 어디이고
내딛는
이곳은 어디인가.

내 발길
어느새 적셔
물총새 놀라
날갯짓 하여라.

진푸른 물총새

알록달록
연분홍
각시붕어

버드나무 속
큰 가지 아래
숨는다.

사랑하기 좋은 날

연한 물안개
아른아른
신비의 흐름이
느껴집니다.

오늘은 사랑하기
좋은 날이라
날 유혹합니다.

가느다란
실잠자리
풀잎 끝에 앉아
사랑을 합니다.

두 집게손가락
허공에
그림을 그린다.
실잠자리 사랑한다고

나 사랑하니
눈 감으라 하네.
나 사랑하니
두 날개 모우라 하네.

돌려주렵니다

강 그리고 산
그곳에 가면
물이 있고 숲이 있습니다.
그곳에 가면
물고기 숨 쉬고 있고
새가 살아 있습니다.

흐르는 강물에
손을 씻고
발을 담그고
깊은 숲속 나뭇가지에
만 구백오십 개
살을 풀고 옵니다.

허나 난
흐려가는 강물에
기품을 모르고
숲의 포근함을
모르고 살았습니다.

더러워진 몸
아픈 상처
씻고 치유하고
나를 위해 살았습니다.

이젠
당신을 위해
씻어주고
치유해주겠습니다.

이젠
아끼고
가꾸어주겠습니다.

이젠
그렇게 또
만 구백오십 개를
만들어 가겠습니다.

돛단배

고무신 한 켤레
돛단배 되어
냇물에 띄워봅니다.

아이 손
노 저어
고무신 돛단배
물결 치고

내가 신던
고무신

돛단배 되어
강을 거슬러
올라갑니다.

칼 조개
비틀 조개
고무신 돛단배

만선에
기쁨을 안고
흐름의
길을 찾아갑니다.

살구씨 먹은 거위

탱자나무 울타리
잘 생긴 살구나무
노란 살구
누런 살구

탱자나무 울타리
커다란 살구나무
아래
살구씨 목에 걸린
소리를 내며 하얀 거위
날 노려보고 있어라.

조심조심 탱자나무
무서운 가시
필통 속 몽당연필보다
길고 뾰족하네.

살구씨
목에 걸린 소리를 내며
두 날개 땅을 딛고

날 쫓아온다.

절로 눈이 감기는
살구 향

살구 향 그윽한
당산나무
앉아있어라.

살구씨 목에 걸린
거위도
살구나무도
커다란 당산나무
그늘에 스며듭니다.

뚝배기

질그릇 뚝배기
투박하지만
빛이 있고
숨어 살아가는
비밀이 있습니다.

오래오래
식지 말라
오래오래
간직하라 합니다.

뚝배기 청국장
걸쭉하고
진한 맛
그 향기 오래 담으라 하네.

투박한
네 모습에
기품이 담겨있고
사랑이 담겨있어라.

오래오래
간직하고
사랑을 한다 하네.

잊지 못 하고
오래오래
진한 향 배어 있는
질그릇 뚝배기

뚝배기 하나
가슴에
간직하고
살았으면 합니다.

흐름의 시간 속으로

강의 흐름을
보았는가?
소리 없이
유유히 흘러가는
강을 보았는가?

내 혼을
빼앗아가듯
흐름에 미쳐
달려갑니다.
빨려갑니다.

작은 거품 하나하나
세상 다
품고 흘러갑니다.

가다가다
거품 하나 사라지면
또 하나의 거품이
못다 품은 세상

품고 흘러갑니다.

작은 거품 하나
내 얼굴 앉아 있고
작은 거품 하나
세상 품고
유유히 흘러갑니다.

누구 하나
가리지 않고
작은 거품 하나
긴 여행길 떠나갑니다.

보성강의 밤

부슬부슬 소리 없이 내리는 비
설렘의 빗방울
온몸을 적시고

길게 늘어진 강줄기
내 마음 미끼 되어
강바닥에 앉는다.

솥뚜껑, 솥뚜껑
소쩍새 울음소리
풍년을 기약하며
빗방울에 가린 서쪽하늘

어느새 어둠은 내 머리
위 연닿아 있어라.

적막한 강줄기
푸른 빛
누런빛
반짝이고

개똥벌레 반딧불
물고기 힘주어
거슬러 올라갑니다.

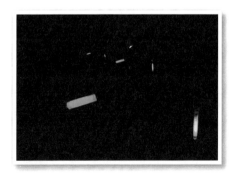

자메이카(포트모어)

수평선 넘어가는 태양
오늘도 뜨거운 모래밭
맨발로 달려본다.

코코아 열매
품에 안고
해변에 앉아
이글이글
태양을 마신다.

야자 숲 모래밭
움막촌은
아이들 놀이터

피부색 달라도
반가워하네.

야자 잎 위에
하루 몸 달래고
또 내일

뜨거운 모래밭
맨발
여행 꿈을 꾼다.

지중해

대서양 건너
저 멀리
오른손 이름은 지브롤터
왼손의 이름은 세우타
두 팔로 손 깍지 끼어
고생했다
부둥켜 안아주네.

당신 품속엔
잔잔한 뱃길이 있고
낭만이 숨 쉬고 있는
마르세유 눈 부신 하얀 요트

커다란 야시장
손수레 위
달팽이 날
살금살금 앉게 하는
모나코가 있고.
간혹 알아봐주는
빵집이 있다.

신비의 장미석, 가시밭이
메마른 사막 속
이슬 맺힌 꽃처럼

피어있는 튀니지

이번 항차(航次)는
설렘의 연속이어라.

지중해
푸르디푸른 바다
어느새 돌고래 떼
날 휘어감고
반갑다 반겨 안아주네.

다시 찾아오라
인사를 합니다.

세네갈(다카르)

특유의 향이
있습니다.
여러 색을 몸에
치장을 하고
두리번두리번
눈이 동그란
카멜레온

슬리퍼, 반바지에
양철지붕이
끝도 없이
줄지어 있는
원주민촌

강가
넓은 판자 길 위에
사람이 다니고
물건이 다닌다.

움푹 패여있는 모퉁이엔

어김없이 자판이 벌려있습니다.

삶의 애환을 새겨
고통을 이겨내려는 얼굴들
칫솔 대용으로 사용하는
밤알 같은 열매
이름도 생소하고
외우기도 어렵네.

큰 바가지에
생선을 손으로
주르륵주르륵 훑어
뒤적뒤적
먹어보라 하니
한 입 손으로 집어
먹어봅니다.

생선 비린내
무슨 맛인지 모르겠다.
고개 흔든다.

이방인 덤으로
환영하는 마음
과일 하나 손에
쥐어줍니다.

뉴올리언스(미시시피 강)

황토물 강줄기
좁고 긴 강을 타고
지침은 돌아갔다
돌아온다.

거슬러 오르고
또 올라도
붉은 황토물이어라.

얼마나
거슬러 올라갔을까?
좁은 강
센 급류 날 바다로
밀어낸다.

이역만리 고향 땅
누님 만나
하루 저녁 만찬
손수 만든 파이
시간이 흘러도

그 단내 지금도 입속 가득하여라.

고향 떠나 시집온 지 20년
고향 향수 맡아본 듯
반겨 안아줍니다.

떠나는 날
아쉬움만 뒤로한 채
황토물 미시시피는
거센 물살에 떠밀려
도망가듯 오는 길
되돌아 떠밀려 갑니다.

모임 가던 날

저 멀리
오성산 마주 보며
"예"
"아닙니다."

함께할 땐
그 누구보다
서로 더 아끼고
위로해주며
미워할 땐
한도 끝도 없는
설움과 분노의
세계를 헤맵니다.

여러 해
여러 곳
떠돌아 만나는 사람들
떠돌아 다시 모입니다.

그 시간만큼은

왼쪽 가슴에
진노란 똥 풀꽃
하나
둘
달아봅니다.

그 시간만큼은
"예"
"아닙니다."로
통한답니다.

그 시간만큼은
술 한 잔 기울이는
삶의 동반자로
통한답니다.

소금쟁이

비포장도로 달린다.
뿌연 흙냄새 풍기며
긴 꼬리
남기고 달려간다.

덜커덩덜커덩
중절모 쓴 할아버지
할머니 허리 걱정에
얼굴이 이내
못마땅하다는 표정을 짓는다.

비라도 내리면 웅덩이
하나 둘 늘어나
덜커덩덜커덩 줄지어 갑니다.

움푹 패인 웅덩이 속
흙탕물
어느새 소금쟁이
둥실둥실

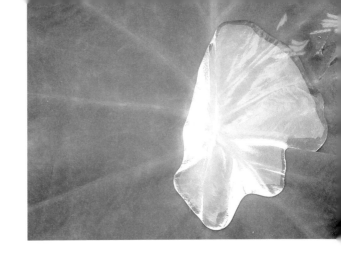

소금쟁이는
엿장수
호박 엿장수

달달한 단내가 내 손끝에서
작은 웅덩이 감싸면

소금쟁이 온통
호박 엿장수입니다.

긴 다리 철렁철렁
가위 소리
웅덩이 퍼지고.
경쾌한 가위 소리
철렁철렁 나 뛰어갑니다.

작은 점 하나

미안합니다.
오랜 세월 허락 없이
기지고 있었습니다.

이젠 허락받고
가지고 살아가렵니다.

항상
용기와 힘을 주었습니다.

끝도 없는 기다림 속엔
내가 숨 쉴 수 있는
목구멍이었고
희망이 들어오는
길목이었습니다.

살 수 있다는
희망이 들어오는
길목이랍니다.

슬퍼하고 아파할 때
눈물을 닦아주었습니다.

눈에 보이지는 않아도
항상 내 곁에

떠도는 바람이었고
유령이었습니다.

소중하게 간직한
작은 점 하나
잊지 않으렵니다.

소중하게 간직한
점 하나 평생
가지고 가고 싶은
내 진주랍니다.

존비

얼굴을
그리고 내 몸뚱아리를
보고 있습니다.
거울 없는 세상에서
보고 있습니다.

슬퍼하고 있습니다.
서러운 표정을
하고 있습니다.
눈물 없는 슬픔을
하고 있습니다.

웃고 있습니다.
아주 큰 웃음으로
배를 움켜잡고
웃고 있습니다.
소리가
나지 않습니다.

거울도

눈물도
웃음소리도
다 잃어버린
빈껍데기처럼
신발만
직직 끌고 갑니다.

물에 비친 얼굴

흐르는 냇물
내 얼굴 비치네.
희미하게 흘러가네.

직접 만든
밀짚모자 벗어던지고
허우적허우적
소리 내며
낯바닥
고장물 씻어 흘러 보냅니다.

온 몸 땀으로
끈적끈적
진드기 몸이 되어

고장물 씻어버려
내 얼굴 비쳐옵니다.

흘릴 수 있는
땀이 있고

씻을 수 있는
냇물이 있어
작은 행복 하나
두 손 모아 쥐고

고마워라, 고마워라
강아지풀
입에 물고 뛰어갑니다.

고민

어두운 밤
불 밝히고
까맣게 보이지
않는 길
마음 밝혀
걸어가고 있습니다.

타박타박
조심조심
무서운 돌부리
걸리지 않게 걸어 봅니다.

어느새
두 어깨 이슬이 앉아
밤새 걸어가는 날
지켜보고 있었습니다.

나 혼자인 줄 알고
속 내비추고
부끄러워합니다.

수없이 많은 생각
좌충우돌(左衝右突)
머리는 이미
난장판 흉물스러워도

가릴 수 있는 모자가 난 하나도 없답니다.

화학산

보슬보슬
안개비 내린다.
봄꽃 피어 좋아라 하고
찔레 순 꺾어 좋아라 합니다.

산길 따라 청 단풍
하늘까지 다 있고
산길 따라
목 적시는
시원함이 있어 좋아라 합니다.

길옆 쉼터
고목 아래 물이끼
눈부시게 푸르다고
봐 달라 떼를 쓰고

좁은 오솔길
하나둘 떨어지는 흰 철쭉
한 송이 한 송이
백 송이 따 먹고 비틀거립니다.

안갯속 발밑
할미꽃 날 반기고
하얀 머리 길게
고개 숙여
머리를 감는다.

고운 할미
손자 왔다
안개비 머리 감는다.

10월에 그리고 4월에
청 단풍
흰 철쭉
다시 온다 약속을 합니다.

걸고 싶고
다시 보고 싶어
꼭 찾아온다고
약속을 합니다.

철길

옥수수 밭
기차 길
칙폭 칙칙폭폭

어린아이
보고 싶고
타고 싶어한다.

하늘 높이
번쩍번쩍
비행기가 아닙니다.
기적 소리 울리며
흰 물살 안고 가는
배도 아니랍니다.

긴 철길 찰각찰각
소리 내며 지나가는
기차를 타고 싶어합니다.

시골 한적한 무인역

기차를 기다린다.
그렇게 타고 싶어하던
바로 그 기차를

잠시 후 환한 외등에
저 멀리 기적소리 울리며
찰각찰각
들어오는 기차

조심스럽게
내 앞에 멈춘다.

차창 속 수많은 사람들
빨리 타라
어서 타라
눈빛으로 날 지켜봅니다.

앞에 서 있는 기차
길게 반듯하게
놓인 철길

어릴 적
타고 싶어하던 기차
아직도 타지 못하고
서성이네.

뒤돌아 놓인 철길
어디로 가는 기차일까?
앞에 서 있는 기차
어디로 가는 철길일까?

또 하나의 의구심만
남기고 돌아섭니다.

그렇게 타고 싶어하던
기차는 긴 철길에
여운(餘韻)만 남긴다.

제비

동그라미 검은 눈동자
맑은 내 모습 비친다.
큰 주둥이 어미 새
힘들어합니다.

문턱이 닳도록
흙집이 무너지도록
가져다주어도
지지배배
지지배배

어느새
제법 자라
강남 길 떠날
날이 다가오네.

어미 새
조금만 버티라 합니다.
어미 새
조금만 더 힘주라

지지배배
지지배배

언제와
언제와
기다리는
새끼 마음
어미 새 날개 접지 못하고

오늘도
논도랑 지렁이 물고
다 커가는
참깨 밭
싱싱한 벌레 한 마리
입에 달고 날아옵니다.

사진첩

서랍장 밑
깊숙하게 놓인 사진첩
보고 싶은 사람 있어
꺼내 묵은 먼지
닦아봅니다.

젊은 날
내 얼굴이 있고
내 친구가 있어
내 굴렁쇠 흔적 속
묵은 먼지
닦아봅니다.

꼭 끼어안고
장난하는 딱따구리
유독 눈이 큰 아이
건들건들 걸어 다니는 아이
긴 머리 나풀거리며
좋아하던 아이

모두들 그 모습
어디 갔을까?
굴렁쇠 굴러가는
그 길을 따라갑니다.

먼지 자욱하게 쌓인
사진첩
한 장 한 장 닦아
그 길
쓸고 또 쓸어봅니다.

긴 머리
증명사진 한 장 위엔
노란 얼룩 앉아
삶의 흐름을 비친다.

오늘 따라
굴렁쇠 굴러가는
옛 소리 듣고 싶어합니다.

벽시계

군대에 간 형
큰 상자 들고
휴가 옵니다.

가슴엔
노란 똥풀 꽃 두 개 달고
무서운 무늬
동그란 쇠붙이 달고

검은 군화
찰랑찰랑 소리 내며
동구 밖 긴 흙길
밟고 옵니다.

그 때 가지고 온
커다란 상자
그 속엔
다름 아닌 벽시계입니다.

땡~

땡~
한 시가 되면 한 번
두 시가 되면 두 번
그렇게
삼십 년 세월
짤각짤각

다음 달이면
주인 잃은 벽시계
한 없이 땡땡~
울어댑니다.

시간의 흐름을 잃고
울어댑니다.
배고프다
밥 달라 울어댑니다.

두 노인

팽나무 그늘
가던 길
손짓하네.
삐걱거리는
자전거 세우고
두 노인
도란도란 담소(談笑)하신다.

앙상한 두 다리
내보이시고
뙤약볕 팽나무 건너
강을 바라보며

두 노인 주름진
웃음 속 어느새
팽 열매 따 드시고
강 건너 연밭
속으로 사라진다.

팽나무 그늘은

오랜 세월 두 노인의
또 다른 벗이고
열매는 평생 함께하라는
약속이었나 보네.

주름진 웃음
진한 웃음 속에

두 노인
어느새
강 건너 연밭에 있고
강바닥 조개를 줍고 있다.

팽나무 또한 쳐다보고 웃고 있습니다.

어린 삶

아스팔트 길가
한가로운 시골 길
움츠리고 있는 어린 삶

도와 달라
눈물 고이네.
두려워
떨고 있네.

길 건너 작은 숲으로
가야 하니
날 좀 보듬어 주라
씩씩거린다.

어린 삶
두려움에 어두운 밤
어미 삶 기다린다.

나 숲으로 보듬어 달라
무서운 이빨 감추고

고개 떨궈 움츠리네.

똘망똘망
그 눈빛
가는 길 날 붙잡아

쪼그려 앉힌다.

두려움에 떨고 있는
어린 삵 한 마리
가엾어라.
가엾어라.
길 건너 숲으로
안고 갑니다.

한참을 있어도
가지 못하고
그 눈빛
날 쳐다보네.

두고 가는 마음으로

줄지어 떠난다.
어디론가 바쁘게
달려가는 발걸음
하얀 이 하늘 비쳐
떠나갑니다.

산으로
바다로
그리고 홀로 지키고 계신
시골 들판으로

어느 곳을 간들
즐겁지 않을 수 없고
어느 곳을 간들
웃음이 없겠는가?

피곤함에 지쳐
시들시들한 몸뚱아리
힘주어 서 있고 싶어라.

짧은 여행 길
몸뚱아리 짐 하나
마음의 짐 하나

버리고 되돌아오지 마시고
두고 되돌아
올 수 있는 길이 되었으면
하는 바람입니다.

버리면 다신
찾지 않으나
두고 가면
나 생전
되돌아볼 수 있는 길이기에

항상 버리지 말고
두고 떠나는 아름다움을
가졌으면 합니다.

모자 간(母子間)

늙으신 할매
꼬부라진 허리
걸음도 잘 못하시는 다리
아들 뒤따른다 하신다.

마늘 밭도 매야 하고
파도 옮겨 심어야 한다고
불편한 다리
아들 앞서 갑니다.

밭도랑 잡풀
커다란 쑥대는
더운 날씨 힘없이
꼬부라진다.

쪼그리고 앉아
호미질 하는 할매
왜 이리 작아 보이는지
온몸이 아려 옵니다.

다 떨어진 신발
지나간 발자국 뒤엔
부슬부슬
고운 흙 알을 낳는다.

고운 흙 알 품어
쪼그리고 계실 할매

올 가을
수확하러 올
아들 생각에
긴 밭 호미질 끝이 없어라.

자식을 또 볼 수 있는
기회를 더 만들고 계신다.

자벌레

연녹색
새끼 자벌레
높은 나무
하늘 같은 나무 위에서
내 팔뚝에 걸친다.

무슨 재주를 부렸을까?
반짝이는 거미줄
타고 내렸을까?

기다란 몸 길고 길게
여름철 땀방울 흘리듯
끝이 없이 늘어진다.

엉덩이 집고
높이 올라
쭉 늘어트리는
작은 자벌레

솜털 같아

바람에
간지럼 피고

갸우뚱 기우뚱
재미 있어라 하네

한 자 두 자
자치기 놀이 하자
날 유혹한다.

한 자 두 자
같이 하자고
엉덩이 집고
높이 올라

갸우뚱 기우뚱
재롱을 부린다.

가을 길

등굣길
가위, 바위, 보
꽃잎 한 장
꿀밤 한 대
하굣길
가위, 바위, 보
꽃잎 한 장
꿀밤 한 대

긴 신장로
코스모스 피어 있습니다.

덜컹덜컹
흙먼지 뿌옇게
안고 가는 버스
코스모스 숲 속에 나 숨어있고

이른 아침 고추잠자리
쉬어 가는
그곳에 옛 친구

숨어 있습니다.

지루한 하굣길
어느새
동구 밖

삽살 강아지
눈 가리고
고개 들어
먼 신작로 바라보고 기다린다.

언제 올까?
내 동무 기다리는
삽살 강아지

꼬리 흔들며
땅바닥에 드러눕는다.
긴 머리털 사이
바라보는 모습
맑은 하늘빛 네 눈에 담겨 있다 하네.

섬진강

구불구불 강줄기
느린 속도
거슬러 올라갑니다.

차창 밖에서
밀려 들어오는
강바람 소리에
내 속내를 비추고

저 강에 떠있는 징검다리
두 다리 내어줍니다.

사그락사그락
모래 밟는 소리에
긴 강줄기
기차 따라갑니다.

찰각찰각
기차 소리에
모래알 흐름에 맡겨

떠밀려갑니다.

징검다리 강돌
하나하나
섬진강의 애환이
새겨 있어

모래알
흐름에 맡겨
씻어냅니다.

떨어진 강 버들잎
등에 업고
긴 강 자랑하듯
긴 다리 자랑하는
징거미 살아있습니다.

꼴지 방학

여름을 유독
싫어하는 내가
7월의 달력 한 장을
기다리고 있나 봅니다.

무더운 여름날
난 초등학생이 되어
늦은 여름방학을
맞이합니다.

싫어하는 여름인데도
기다리고 있나 봅니다.

달력 한 장을
넘기는 기쁨이 있어
7월을 기다렸나 봅니다.

난 초등학교
1학년에 다닙니다.
첫 여름방학을 맞이하는
초등학교 1학년입니다.

그렇게 7월은
시작하였습니다.

맛이란?

불혹(不惑)을 지나
지천명(知天命)을
바라보는 시간들

내가 지니고 있는
맛은 어떤 맛일까?

다박다박
깔끔스럽게 걸어가는
중년의 맛일까?

그 맛을 찾고자
연습을 거듭합니다.

뒷모습 바라보는
이들이 그런 맛을
느낄 수 있게
난 오늘도
연습을 합니다.

진정 맛을 품고
살아가는 내 모습을
보고 싶어합니다.

오늘도 곱게 맛을
느끼며 고희(古稀)를
꿈꾸어 보고

그렇게 늙어가는
내 모습 상상하면서
연습의 계단을
올라갑니다.

내 맛을 찾고자
오늘도 연습을
게을리하지 않습니다.

또 다른 우산

장맛비
거센 비바람 안고 쏟아집니다.
내 뒤를 쫓고 있습니다.
커다란 잡풀들
드러눕고
나 서두르라
준비하라 합니다.

바람 불어
더위는 잠깐이나마
가신 듯하나
또 다른
걱정이 앞섭니다.

내 직업은
일기예보와 씨름을 합니다.
그날 날씨로
하루 열두 번 얼굴이 바꾸는
변덕쟁이입니다.

장맛비 내린다 하여
날 쫓아온다 하여
우산 두 개 준비하렵니다.
지금 내가 준비할 수 있는 것은
활짝 핀 우산 하나

그리고 또 다른 손엔
펼치지 못한 우산 하나
나 그렇게 들고 다니렵니다.

거센 비바람
가슴에 안고 가시지 마시고
제 손에 있는 우산
펼쳐주라 하세요.
활짝 펼 수 있는 우산이랍니다.

터미널

갈 수 있다는 곳이 있어
나 즐거워하고
움직일 수 있다 하여
나 좋아하여라.

먼저 가서 기다려라고 하면서
누눈가를 기다리는 뒷모습
참 아름다워라.

한 중년의 아주머니
누눈가를 기다리고 있어
한참을 서성입니다.

10분의 기다림
그 뒷모습 떨려오고

20분의 기다림
환한 웃음으로 반겨 안아주네.

만남의 기쁨을

가장 소중한 시간
그 모든 순간을
가슴에 담아
간직합니다.

겨울 밤하늘에
별들도
퇴근 길 약주 한 잔

따끈따끈한 열이
품어져 나오는 노란 종이봉투
어지럽게 비틀거려도
부러워합니다.

긴 여행(소록도)

하얀 벚꽃 가로수
눈 부시게 끝도 없이 지나간다.
내 손 뻗치면
중지 끝에 와 닿는 소록도

부둣가 계단에 앉아
오고가는 철선
손에 표 한 장 들고
찰싹찰싹
내 얼굴 때린다.

찰싹찰싹
파도에 밀려
바람에 밀려

산새 울음소리
지나가고

어디선가
울려 퍼지는

종소리 다가온다.

불편한 몸
휠체어에 의지하여
어디론가 가고 있습니다.

눈길 한 번 주지 않고
몽땅한 버선만
바라보며
아파하는 세월
눈부신 하얀 보선 속 숨어 있습니다 .

미련 속 무거운 발걸음
떠나는 발걸음

따스한 봄 햇살 아래
어미 사슴 품에 안긴
소록도는
그렇게 멀어져 갑니다.

어떤 아이의 태생

시골 아낙네
모험을 결심합니다.
손바닥만큼 작은 논 하나 내걸고
친구 따라 포목장사
먼 길 떠납니다.

멀리 부천 땅
작은 논 내걸고
떠나온 아낙네
또 다른 짐 하나
무거운 새 생명 들어 있어라.

아낙네 고심 끝에
결심을 합니다.
핏덩이 지우자 결심을 하고
아주 독한 결심
독한 약 처방 받으신다.

핏덩이 살고 싶어 붙어 있어라
붙어 있어라

떨어지지 않는다.

행여 잘못 될까
노심초사(勞心焦思)
물어물어

큰 병원으로 가신다.

의사 선생님 웃으시며
명태 두 마리 처방하네.

가실 때 아무 걱정 마시고
가시는 길 명태 두 마리
사 가지고 가서
푹 고아 드시라
복용법도 알려주신다.

어느덧
무거운 짐 하나둘 털어내고

가벼운 발걸음 뒤
사내아이 등에 업혀
꼼지락꼼지락
옹알이 소리 들려온다.

기찻길

긴 철길
시작과 끝이 어딘지
보이지 않습니다.

철길 위에 놓인
두 레일이 서로
마주 보고 있습니다.

기차가 달릴 수 있는 것은
두 레일이 나란히 있기에
달릴 수 있답니다.

어느 한쪽 구부려지거나
가까워지거나
멀어지면
기차는 달릴 수 없습니다.

철길 위에 놓인
두 레일은 항상
나란히 일정 간극을 두고

마주 보고 있답니다.

서로
멀리서 지켜봐 주고
위로해주는 벗이랍니다.

가까이 다가가
얼굴 비비며
술 한 잔 할 수 없는
벗이랍니다.

커다란 쇠 말목이
날 붙잡고 있습니다.

서로 마주 보고
약속을 합니다.
내일 만나자
모레 만나자
다음에 시간 있으면
만나자 합니다.

허나
철길 위에 놓인
두 레일은 한날한시에
태어나고 평생 하는 일
생김새 같아도
서로 만날 수 없는
운명임을 잘 알고 있습니다.

오늘도 서글픈
약속을 합니다.
희망의 약속을 하면서
내일을 꿈꾸고 있습니다.

질경이 길

가느다란 실이
있는 질경이 길을 찾습니다.

발걸음 내딛는 소리
스쳐 지나가는 소리가
그립기에
질경이 길을 찾고 있습니다.

그 길을 보시거나
아시는 분은 꼭
나에게 알려주었으면 합니다.

단 한 번
걸어본 질경이 길
난 뚜렷하게 기억합니다.

길 끝에
작은 터널이 있었습니다.
터널 밖에는
아카시아 꽃송이가

대롱대롱
매달려 바람에
나부끼고

터널 안은
온통 아카시아
꽃향기로 가득하였습니다.

난 그런
질경이 길을 찾고 있습니다.
보시거나
아시는 분은
꼭 나에게
알려주었으면 합니다.

진 백골

전라도 사투리
경상도 사투리
늘어지는 충청도
다박다박 서울 경기

먼 길
단숨에 달려
다들 모였습니다.

어느새
가슴에 똥풀 꽃 떼어내고
유리 깨지는 소리
천정 내려앉는다.

소탈한 웃음소리
삶의 묵은 때
벗어 던지고

눈웃음 지어
잘 있었는가.

챙겨 안아주고
인사합니다.

난 이 맛이 있어
이곳에 오고 싶어집니다.

충무 앞바다
밤 풍경
멀리 왔다 출렁이고

갈매기
울부짖는 소리
돌아가는 시계 붙잡고
날갯짓을 합니다.

침묵

세심한 관찰 속에
나를 지켜보았습니다.
하는 행동
하나 하나를 지켜보았습니다.

희미한 그림자처럼
숨 죽여 살아가는
날 지켜보았습니다.

바람처럼 다가서서
풀잎처럼 부드럽게
흔들어 놓았습니다.

내가
살아갈 수 있는 유일한
길이기에

항상
멀리서 느끼고
멀리서

지켜보았습니다.

내가
숨 쉴 수 있는
유일한
유일한 통로입니다.

손목시계

나
여기 있다 소리쳐 봅니다.
여기 서 있다 외쳐봅니다.

마음이 급한 나머지
흔들어 나 여기 있다.
피를 토합니다.

아무런 일이 없는 듯
아무 반응 없이
가던 길 스쳐 지나갑니다.

구해 달라
살려 달라
외쳐도
네 갈 길 떠나갑니다.

난 투명인간입니다.
망토 없이
벌거벗은

투명인간입니다.

바로
당신이 차고 있는
시계가 있는 한

당신은 투명인간입니다.

시간에 쫓겨 떠나는
당신은 투명인간입니다.

당신 손목에 차고 있는
그 시계의 주인은
당신이 아닙니다.

시계가 당신을
차고 있는 사람일 뿐입니다.

잉크 색

매달 마지막 주에
빠지지 않고
하는 일이 있습니다.

다가오는 달력 한 장
일이란 숫자부터
마지막 삼십이란 숫자까지
검정 잉크
빨간 잉크
그리고 나를 위한 잉크 색

내 달력은
삼색 잉크로 얼룩얼룩
쓰는 순서도 따로 있답니다.

빨강, 검정, 그리고
나를 위한 잉크 파랑입니다.

빨강 그는
꼭 지켜야 내가 살 수 있는 색이랍니다.

어김없이 숫자에 빨간 동그라미
나만 알아볼 수 있는 약자
내 직업이 일 순위랍니다.

검정 그는
빨간 잉크 와
파란 잉크 사이랍니다.
내 달력은
검정 잉크 동그라미가
유독 많아 보입니다.

마지막 나만의 잉크
파란 동그라미를
찾아 그려봅니다.
몇 개인지 샘을 하면서
그려봅니다.

파란 잉크 아쉽게
자리를 못 잡고
다음 달력으로 이월(移越)합니다.

그래도 다행입니다.
이월할 수 있는 달력이
곁에 있어서 다행이랍니다.

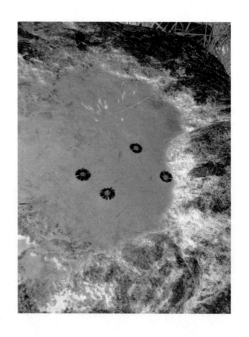

도랑도랑 밭도랑

쪼그리고 앉아
작은 구멍 집게손가락
꼭 집어넣는다.

앞을 보니 끝없는 수평선
뒤돌아 이제 한걸음 왔어라

도랑도랑 줄지어
작은 구멍 많기도 하여라.

작은 참깨 씨 집게손가락으로
몇 알씩 집어넣는다.

어느새 연분홍 깨꽃은
나팔을 바짝 세우고
손님맞이 준비를 하고 있어라.

작은 나팔 들어올려
큰 손님
잘 날아 들어오시고

잘 영근 깨알 우수수
떨어져라
큰 손님
절하여 반깁니다.

도랑도랑 흙 도랑
도랑도랑 밭도랑
구멍구멍 집게손가락

나팔 모양 연분홍
꽃잎 크게 입 벌리고
있답니다.

선둘재

서쪽 하늘 붉은 해는
으르렁거리며
위뜸 마을 넘어간다.

무서워 혼자 가지 못하고
나를 데리고 어두컴컴한
오솔길 선둘재에 앞세운다.

멧비둘기 우는소리에
가슴 조이고
부스럭거리는 산 짐승 소리에
무서워라 떨린 다리
두려움에 밀려
어느새 선둘재 앉아 있습니다.

장사하시고 손수레
끌고 오는 엄마 기다립니다.

무서움과 씨름하며
괜한 산돌 주어

풀숲에 던져
짙게 내려앉은
어둠을 밀어내고
무서움을 밀어냅니다.

달그락 달그락
잔잔한 유리병 소리

삐드득 삐드득
손수레 굴러가는 소리에
어둠은 다시 조금씩 밀려갑니다.

두려움에 떨며
쪼그리고 앉아 있는 아이
눈물 섞인 목소리
힘껏 내뱉는다.

선둘재는 지금도
눈물 어린 목소리
"엄마" 하고 메아리칩니다.

또 다른 부자

보이는 거
만질 수 있는 거
하나도 없는
부자입니다.
난 부자입니다.

가슴 속
하나, 둘 모아둔
삶의 얘기가 있어
난 부자입니다.

보이는 거
만질 수 있는 거
많은 것을 소유한
당신은 부자입니다.
은행에서
만든 통장에 찍힌
숫자가 말해줍니다.

없는 자의 부자는

가슴에 숫자를 찍고
있는 자의 부자는
통장 잔고 숫자를 찍는다.

어느 곳에 찍든
우린 모두 부자입니다.

사랑가

밤벌레 울음소리
지쳐할 줄 모르듯
나 사랑 노래 지칠 줄 모릅니다.

저 들녘에 핀 들꽃처럼
내 사랑 피었다 지네

한 번 뿌리 내린
내 사랑노래
언 땅 녹이며
피었다 지네

내
사랑 노래
가도 가도
끝이 없는
수평선이라 합니다.

내
사랑 노래

끝이 없어
듣는 이
지루하다
졸려합니다.

작은 웅덩이

웅덩이 속
여러 생물
유유히 헤엄치고
물수세미 돌돌 감아
술래잡기 합니다.

덩치 큰
물방개 날카로운 발톱
힘껏 밀어제쳐
검정말
헤집고 다닙니다.

날씬한 게아재비
기다란 다리 자랑하듯
개구리밥 위에 올라
물방개 약 오르네.

시커먼 장구애비
느긋한 황소 걸음

마름 위에 올라
힘들어하고 있어라

성격 고약한
물방개

이리저리 헤집고
다니는 걸 보아하니
술래는 물방개인 듯하여라.

날카로운 발톱은
잔잔한 웅덩이
한바탕 소동을 일으킨다.

짧은 만남

어릴 적 보았던 친구
청년이 되어서 보았습니다.
청년이 되어서 보았던 친구
오랜 시간이 흘러가고

하나하나 늘어만 가는
숫자 앞에
흰머리 하나둘 늘어
이제야 만나
웃어봅니다.

희끗희끗한 머리에
잔주름 숨어 있고

어릴 적 얼굴
잔주름 속 비쳐
옛 기억 되살아 떠오릅니다.

그 시간만큼은
책가방 속에

삶의 터를 담고
소풍을 갑니다.

그 시간만큼은
희끗희끗한 머리
온데간데없고
웃음 속
잔주름 사라집니다.

파스 한 장

가슴에 파스 한 장을
후끈후끈한 파스 한 장
붙어보렵니다.

가슴에 파스 한 장을
서릿발처럼 시린 파스 한 장
번갈아가면서
붙어보렵니다.

묻어둔 상처
파스 한 장으로
잠시 잊고
살 수 있으면 하고
파스 한 장을
붙어보렵니다.

떼었다 붙었다 하면서
살아가야 하는 사람이
곁에 있으면
파스 한 장

사다 주셨으면 합니다.

파스 포장지에
이런 글이 쓰여 있습니다.

가슴이 시리고 아파하면
후끈거리는 파스를 붙이시고

가슴이 먹먹하고 답답할 땐
시린 파스 한 장
붙어주세요라고

나 또한 파스 한 장
얻어가렵니다.

동량

잊고
버리고
주고 살아갑니다.

시골 샛길
간혹 마주치는
사람이 있습니다.

작은 체구에
덥실덥실 긴 수염
항상 같은 옷차림에
지나가시는 그분이 있습니다.

변함없는 뒷모습
끈으로 세월의 흐름을
칭칭 동여매고
삶의 흐름을 따라 걸어갑니다.

뒤돌아보고 있으면
그 모습 변함이 없습니다.

동량하는 모습처럼
보이나
항상 변함없어
뒤돌아 또 생각합니다.

잊고, 버리고, 주고

가벼워 보이는 몸뚱아리
모퉁이 사라지는
뒷모습 보고 있습니다.

잊고, 버리고, 주고
오늘도 그렇게
사라져 갑니다.

초복(初伏)의 의미

삼복 중 하나
오늘은 초복입니다.
삼계탕 음식점에
앉을 자리가 없습니다.

초복의 진정한 의미는
무엇일까요?
본격적인 더위를 맞아
몸을 보호하자는 것일까요?

난 삼복 중
첫 복인 초복을
행복의 시작이라고
나만의 생각을 해봅니다.

초복 보양식
어디서 먹었을까?
누가 만들었을까?
누구하고 먹었을까?

초복에 얻을 수 있는 것은
단지 보양식이 아닙니다.
행복을 주는 보양식이라
나름 생각을 해봅니다.

무더운 여름
시작인 삼복 속 보양식에
행복이 가득 하였으면 하고

소금 대신 행복을
듬뿍 뿌렸으면
찍었으면 합니다.

올여름은
꼭
행복의 보양식을
드셨으면 합니다.

양초

촛불 하나 밝히고
서서히 타 들어가는
심지입니다.

심지 끝에
불을 댕겨 서서히
아래로 녹아 들어가는
양초입니다.

촛대를 타고
흘러 내리는 상처 덩어리들
기다란 쓰라림 남기며
심지를 타고
시간에 흐름을 탑니다.

실바람에 꺼질듯
휘청거리면서도
딱딱하고 쓰라린
양초 한 자루

촛농은 잃음이고
지나온 상처랍니다.

긴 양초 한 자루
사라진 자리
하얀 딱지 덩어리
녹아 앉아있습니다.

잃음과 얻음

시간의 흐름 속
당신을 놓아버리고
당신을 잃고
흙, 물, 바람
자연의 집을 얻었습니다.

아픔 속 기쁨이
미련 속 용서가
있었음을 이제야
난 알았습니다.

잃음은 얻음의
출발이란 것을
이제야 깨달았습니다.

내 곁에 있었다는 것을
내 곁에 같이한다는 것을
이제야 알 것 같습니다.

잃음의 쓰라림은

얻음의 기쁨으로

잃음의 눈물은
얻음의 진주로
다시 태어난다는 것을
자연의 집에서 얻어갑니다.

이승에서 보내는 마지막 편지

잡초 무성한
흙집 앞에 두 무릎
땅 위에 올립니다.

20년 동안 간직한 사진 한 장
조금씩 까맣게 타 들어가는데
낙타 앞에서 웃고 있는 모습
도저히 보지 못하고
고개 돌려 개울 소리 듣고 있습니다.

이젠 만날 수 있는 시간
점점 가까워지니
풀어헤치고 살고 싶어서
내 욕심을 위해
풀어헤치자 한다고
변명을 합니다.

사진 한 장
재 속 그림자 있어
내 지난날

연기 속으로 사라집니다.

두 번 다신 울지 않는다고
올 때마다 운전하기 힘들다고

사진 한 장
재 속 그림자 있어
뒤돌아보지 못하고
개울 건너
흘리고 갑니다.